Cat. de Nyon. 16143.

LES CHANSONS

DE

L'ESCALADE,

FAITE

PAR LE SAVOYARD

contre les Murs de la

VILLE DE GENEVE,

Dans la nuit du Samedi 12. au Dimanche 13. de Décembre, selon le vieux Stile, de l'an 1602.

Avec Figures.

A AMSTERDAM,

Chez NICOLAS CHEVALIER,
Marchand Libraire, sur le Rockin.

M DCCII.

LES CHANSONS
DE
L'ESCALADE,

Faite par le SAVOYARD *contre les murs de la Ville de* GENEVE, *la nuit du Samedi* 12. *au Dimanche* 13. *de Decembre v. st. de l'an* 1602.

SUs qu'on chante Genevois
D'une voix
Cette belle delivance
De l'admirable support
Du tres-fort
Nous sauvant par la puissance.
Souvenons nous à jamais,
Desormais
Qu'au douzieme de Decembre.
L'an mil sixcents & deux
Nos haineux,
Faillirent à nous surprendre.
Ce fut aprés la minuit
Que sans bruit

A 2   Ils

Ils dresserent trois echelles,
Deux cents etoyent ja passez
Nos fossez,
Sans qu'on en sçut les nouvelles
Apres qu'ils furent dedans
Les fendans
Vinrent droit au corps de garde
Choquant de tout leur pouvoir,
Sous espoir
Que tôt la porte on petarde,
Quelc'un des nôtres s'enfuit
On le suit,
Soudain l'alarme l'on sonne,
On s'arme, on vient au combat
On se bat,
Dieu la victoire nous donne
Ils avoyent tous conjuré,
Et juré,
De n'espargner creature,
Et vouloyent jetter des morts
Tous les corps
Au Rône pour sepulture.
Sonas venoit en couroux,
Dessus nous
Vanger la mort de son Pere,
Mais en un dessein si fol,
Un licol,
Luy arrêta sa colere
Helas ! qu'il t'ut esté bon,
Chassardon
De suivre ta Venerie,

Plûtôt

Plûtot que par le cordeau
D'un bourreau
Mourir en ignominie.
Mourir devoit en Soldat
D'Attignat,
Et non lachement te rendre,
Car qui tel cas entreprend,
Et se rend,
Ne merite que de pendre.
Brunaulieu l'entrepreneur,
Son honneur
Y perdit avec la vie,
Amenant sur nos rempars,
Ses Soldats
Pour mettre à la boucherie
Tu payas aussi Picot,
Ton ecot
Voulant petarder la porte,
Et faloit que trop hardy,
Estourdi,
Tu mourusses de la sorte.
Si le cœur ne t'eut failli,
D'Albigny,
Tu vinsses à l'escalade
Mais aussi ce qu'entreprens
Dès long temps,
Reüssit tout en cacade.
Ce n'est acte de Soldat,
D'un petard,
Venir forcer un étable,
Vous avez en un dessein,

Si

Si hautain
Fait acte peu memorable,
Vous vous montrez trop vaillans
Assaillans
Pour ne faire rien qui vaille,
La plus part de vos Soldats,
Son fuyars
En ressautant nos murailles
La Jeunesse grand guerrier,
Le premier
A se sauver fut habile,
Le Chevalier Dandelot,
Suivit tot
Le Baron de Vatteville,
Vous estiez vous amusez
Abusez
A ce vipere Alexandre
Qui promettoit Paradis,
Aux hardis
Qui se venoyent faire pandre,
N'y venez plus Savoyards,
Aux hazards,
Aspirans à vos conquêtes,
Vous nous laissez pour butin,
D'un matin,
Soixante sept de vos têtes,
Vous vous preparez toûjours
Pour recours,
Faire nouvelle entreprise,
En machinant de plus fort,
Quelque éfort,

Contre

Contre Dieu & son Eglise.
Mais le Grand Dieu Souverain
Dans sa main,
Pour les siens tient la victoire,
Et fait toujours les Enfans,
Triomphans,
A luy seul en soit la gloire.

A M E N.

A 4   CAN-

CANTIQUE

Sur la Delivrance

DE

L'ESCALADE,

Donnée par les SAVOYARDS à la Ville de GENEVE, le 12. Decembre 1602. Fait le troisiéme jour aprés. Sur le chant, Seché de douleur, &c.

I.

PEuple Genevois,
Eleve ta voix
Pour psalmodier,
De Dieu l'assistance,
Et la Delivrance
Que vis avanthier.

2. Lors que Dieu frapa,
Et qu'il diſſipa
Les Conſeils divers,
De cette grande Brigue
Qu'avoit fait la Ligue,
Et tous ces pervers.

3. Rompant le deſſein
Trop fier & hautain
De ce Savoyard,
Qui plein de bravade,
Donna l'eſcalade,
Poſant le Petard.

4. Qui fit le pertuis
Au milieu de l'huis
De cette Maiſon,
Où vouloient d'entrée
Pour cette Contrée
Mettre Garniſon.

5. Furieux, entrans
Juſques a deux cens
Par deſſus le Mur,
Crians, Vive Eſpagne,
Que la Porte on gagne
Sans aucune peur.

6. Mais le Dieu d'enhaut,
Qui jamais ne faut,
Point ne ſommeilloit,
Ouvrit ſa main forte,
Et ferma la porte,
Montrant qu'il veilloit.

A 5   7. Pour

7. Pour vous, mes Amis,
Qu'estiez endormis
  Depuis soixante ans,
Dedans la paresse
Qui ores vous presse
  D'être vigilans.

8. L'épée à la main
Le Dieu Souverain
  Pour vôtre bonheur,
De cette vermine
Glaça la poitrine,
  Lui ostant le cœur.

9. Tous ces inhumains
Il mit en vos mains,
  Pour vous faire voir,
Que cette gent forte
Qu'aviez à la porte
  N'avoit nul pouvoir.

10. Et vous renforçans
Contre ces mechans,
  Vous enhardit tous,
Afin que la gloire
Fût à tous notoire
  Et loüe de vous.

11. Vous, Ministres Saints,
Qui êtes atteints
  Du zéle de Dieu,
Montrez vôtre zéle
Au Peuple fidéle
Qui est dans ce lieu.

12. Et

12. Et vous les premiers,
Ouvrez vos Greniers
     Pleins de Charité
Au temps où nous sommes
Et vous montrez hommes
     Pleins de pieté.

13. Et vous, Souverains,
Qu'avez en vos mains
     Les Septres Royaux,
Exercez Justice,
Punissez le vice,
     Et les déloyaux.

14. Et toi, Peuple aussi,
Crie à Dieu merci
     De tant de pechez,
Dont tu le provoques
Et de lui te moques,
     Les tenans cachez.

15. Vous, tous Reneviers,
Paillards, Usuriers,
     Larrons & Pilleurs,
Gens pleins de malice,
Rejettez le vice,
     Devenez meilleurs.

16. Avares Marchands,
Qu'allez recherchans
Par tout l'Univers
Un gain sans mesure,
Quittez vôtre usure,
Ecoutez ces Vers.

A　6

17. Qui

17. Qui chantent à tous ,
Comme Dieu trés-doux
Vous a supportez
Jusques à cette heure ,
Afin qu'on s'assure
A ses grand's bontez.
18. Vous ayant fait voir
Quel est son pouvoir
Si vous l'offensez ,
Qu'il n'y a muraille
Qui contre luy vaille ,
Rempars ni fossez.
19. Mais si du Seigneur ,
Vous prisez l'honneur
A lui seul servant ,
Il fera merveilles
Du tout nompareilles
En vous conservant.
20. Sus donc , venez tous ,
Et à deux genous
Loüons nostre Dieu ,
Le prians qu'il vienne
Et qu'il se maintienne
De nous au milieu.
21. Qu'il soit nôtre Fort
Contre tout effort
De nos Ennemis ,
Et qu'il les abatte ,
Et pour nous combate
Nous tenans unis.

F I N.

LE

LE LEGAT
DE LA VACHE
A COLAS SEDEGE.

O Pape & Cardinaux,
Archevêques & Evêques,
Montez sur vos chevaux,
Et vous Caphars avecques,
Mettez les pieds à terre,
Pour chanter *Libera*,
Sur le Tombeau funebre
De la Vache à Colas.
2. Car en son Testament,
Elle a eu souvenance,
Pour son Enterrement
De faire une Ordonnance,
Que suivant Saint Gregoire,
L'on chantera tout bas,
Afin qu'en Purgatoire
Son ame n'aille pas.
3. Toutefois elle croit
Que le Pape de Rome
Du mal qu'elle avoit fait,
A Colas le bon homme,

Re-

(14)

Remiſſion pléniére
Lui donne à ſon treſpas,
Comme trés clement Pere
De la Vache à Colas.

4.   Nonobſtant pour montrer
Sans aucune feintiſe,
Qu'on ne peut rencontrer
En la Romaine Egliſe
Bête d'un plus grand zéle,
En ſe voyant au bas,
Qu'on prie, ce dit-elle,
Pour la Vache à Colas.

5.   Pour ſolemnellement
Faire mes Funerailles,
Je laiſſe entierement
Mes Boudins & Tripailles
Au Clergé de la France
Dont on fait ſi grand cas,
Pour avoir ſouvenance
De la Vache à Colas.

6.   Puis je veux d'autrepar
Que vous les Jeſuites,
En ayez vôtre part:
Et vous Eſpagnolites,
Je vous prie & reprie,
De ne r'allumer pas
Le feu dans la Patrie
De la Vache à Colas.

7.   Pour garnir le Moutier,
Ma teſte je libere
Pour faire un Benêtier,

Instrument de Vicaire.
En prenant l'Eau benite,
Quelqu'un dira tout bas
Une Messe petite
Pour la Vache à Colas.

8. Cureurs de vos Sujets,
Et toute la Prêtraille,
Pour faire un Asperges
Ma Queuë je vous baille,
Mes Tetins aux Nonnettes
Mignonnes de Prelats,
Je quitte, faisant fêtes
Pour la Vache à Colas.

9. Aux Capucins crottez
Mes Oreilles presente
Pour mettre aux deux cotez
De leurs têtes ignorantes:
Aux Cordeliers j'ordonne,
Ne les oubliant pas,
Que la Corde on leur donne
De la Vache à Colas.

10, Vous de Jaques Clement
L'engeance Jacopine,
Qui tuë méchamment
Le Primat qui domine:
C'est pour vous mes Cervelles,
Venez tous en un tas,
Volans comme Yrondelles
Vers la Vache à Colas.

11. Carmes & Augustins,
Sus que ma peau on happe,

Pour faire des Patins
Et Pantouffles au Pape
Chanoines en voftr'office
Mettes en fur vos bras,
Pour aller au fervice
De la Vache à Colas.

12. Chartreux, croque poiffons
Çà que l'on vous partage,
Son laict nous vous donnons,
Son beurre, fon fromage :
Gardés vos rouges mines,
Et vous n'oublieres pas,
De chanter les matines
Pour la Vache à Colas.

13. Au Pape de Houdan,
Au Seigneur maiftre Gilles,
Qui barbotte en fes dents,
Debridant fes Vigiles,
Que mon ventre lui vienne,
Pour fes goulus repas,
Afin qu'il fe fouvienne
De la Vache à Colas.

14. Pelerins haraffez,
Qui trottez à grand' erre
Cherchez comme infenfez
Vôtre Salut en terre :
Quittez cette mifere,
Sans courir haut & bas,
Et les pieds venez querre
De la Vache à Colas.

15. Hermites mandians
Et vos vieilles Bigottes,
Je vous legue mes dents,
Enfilez les Devottes,
Si que vous & les vôtres,
Cheminez pas à pas,
Barbottans pate-nôtres
Pour la Vache à Colas.

16. A toy pere Coton,
Je te donne ma langue
Pour aller vers Pluton
Achever ta Harangue
Mes yeux je commande,
A tous ces Moines gras,
S'ils lisent la Legende
De la Vache à Colas.

17. Je ne veux oublier
Ce Claude le bon homme
Luy donnant tout entier
Mon gros cœur tout en somme,
Et si veux & ordonne
Pour son tres grand soulas,
Qu'il s'en vienne en personne
Vers la Vache à Colas.

18. A tous les Paroissiens
Tous mes os je délivre
Pour les ronger en chiens,
Afin qu'ils puissent vivre,
Les faisant pate nôtres
Les enfilant à tas,

Pour

Pour bailler aux Bigottes,
De la Vache à Colas.

   19. A vous en general
Au Clergé je proteste,
Puis qu'avez le signal
Et marque de la Bête,
Mes Cornes je vous laisse,
Puis que je meurs, helas,
Pourvû que l'on chante Messe
Pour la Vache à Colas.

   20. Pour la collation,
La pauvre bête noire,
S'est mise à l'abandon
Aux sujets de Gregoire
N'ayant plus rien de reste,
Ils n'oublieront pas
De celebrer la fête,
De la Vache à Colas.

   21. Je veux que les enfans
Et ceux de la racaille,
Aillent toûjours disant
A la Hugnenotaille,
Ayez toûjours memoire,
Et ne l'oubliez pas,
De cette Vache noire
Qui fut bête à Colas.

P. 19.

POT AU LAIT

DU DUC

DE SAVOYE.

UN jeune galand Vilageois
Portoit au marché du lait vendre
Allant, il comptoit fur fes doigts,
Quel profit il y pourroit prendre,
J'ay, difoit-il, baillé contant
Trois fols de ce lait, je m'affeure
En retirer deux fois autant
Avant qu'il foit paffé une heure,
De fix fols, j'auray foudain
Une geline à fraîche crête,
Qui pondra des œufs pour certain
Et à les couver fera prête.
D'icelle éclorront dix pouffins.
Qui chaponner pour la mangeaille

Me

Me feront plus de vingt florins,
Qu'employer veux en brebiaille.
    Ses brebis feront des agneaux
Je vendray promptement la laine,
Et d'iceux quand ils feront beaux
Verray foudain ma bourfe pleine.
    J'acheteray un beau cheval,
Car des piétons on n'en tient conte,
Me voyant fur cet animal,
On penfera que je fois Comte.
    Je feray mon cheval fauter,
Courir, tourner en telle forte :
Mais alors fon pot va tomber
Et fe verfe le lait qu'il potre.
    Tout dépité, tout efperdu,
Il retourne vers le Village,
Ayant argent & lait perdu,
Et par ce moyen fon courage.
    Comme ce Vilageois penfoit,
Ainfi fit le Duc de Savoye,
Quand les Alpes il traverfoit
Penfant Geneve mettre en proye.
    Geneve, difoit-il, j'auray,
Où mourra toute ame vivante,
Et force argent je tireray
Des Maifons qu'y mettray en vente.
    J'yrai ainfi qu'un tourbillon
Jufqu'à la Morate Chapelle,
Et vangerai le Bourguignon
Qui foutenoit nôtre querelle.

Plusieurs Amis m'epauleront,
En une si belle entreprise,
Car les Jesuites croiront
Et diront que c'est pour l'Eglise.

Nous abolirons les Bernois,
Nous sçavons qu'elle est leur puissance :
Neufchâtel chargé des Contois,
Ne pourra faire resistance.

Zurich & Schafouse oppressez,
Ne pourront pas secourir Bale :
Les Grisons étans divisez,
Seront par nous troussez en mâle.

Aprés je tournerai le front,
Contre la désirée France
En dépit d'Henry de Bourbon,
Qui m'a fait tant de deplaisance :

Je pratiquerai ses sujets,
J'attirerai cette personne,
Qui seule empêche mes projets,
Et qui retarde ma Couronne.

N'étant plus par lui empêché,
Je saisirai ce beau Royaume
Tout Chef en pal sera fiché,
Qui pour moy ne prendra heaume

Les Allemans seront contrains,
Pour sauver l'Empire de Friche,
M'élire pour Roi des Romains,
Car je vaux mieux que nul d'Autriche.

L'Italie m'obéyra
Je mettrai le Pape en campagne,

Tan,

Tandis je sçai que m'echerra
Le bel héritage d'Espagne.
    Mon nom ira jusqu'aux Indois,
Tous reconnoîtront ma puissance,
Et des corps de ces blons Anglois,
Comblerai le détroit de France.
    Mais Genève ayant repousé,
Ses Soldats & gardé la place,
Le Duc confus & courouçé,
Hâtivement les Mons repasse.

FIN.

CHANSON

SAVOYARDE

SUR L'ESCALADE

DE GENEVE.

I.

CE quét lenau le Métre de Batalie,
Que fe moque & fe ri dé canalie,
A bin fait vi per on Defandoy nay
Qua l'etive Patron des Genevois.

II.

Y etive le doze de Defambro,
Perouna nay affe naire que d'ancro,
Y etive l'an mille fix fan & dou
Y veniron per leu on pou troy tou.

III.

Pé rouna nay qu'étive la pé naire
Y fon entra, y n'etay pa pay baire,

Y

Y étive pé pelli voutre maison
Et vo tua san aucuna raison.

IV.

Petit & grand aussi sant seveniance,
I'é un matin d'ouna bella Demange,
Te pé un temp qui fasive bin fray,
San le bon Di vo alia étre pray.

V.

On vo dera io estay lé Canalie,
Lou Savoyard contre noutremouriallie
Trais eschelle ont dressia & planta,
Passa dou cent parique son monta.

VI.

Estant entra venion u Cour de Garda
Yau y firon ouna rodamontada,
Y l'avion tenallie & marté
Qu'etivon fait atot du bon acié:

VII.

Pais arrassi lou clou & le siralie,
To lou ferreu & tota la ferratalie
Qu'on rencontre en de pari andray
Qu'on ni boute pé n'etre pa surpray.

VIII.

On établou y l'avion forsia,
Yet don Petar qui l'avion teria,
Y coudavon za monta à chevau,
Y n'étion pa monta pi preu haut.

IX.

Son Altessa desu l'insa étive,

(25)

Ton d'antre leu s'encore pé li dire
Que le Petar avay fait son éfour,
Qu'on alave fare entra to le Grou.

X.

Y l'avion de le Lenterné fiorde
Et parlavon comment de le Grenolie,
Y etive pé alla & veni
San con lou pousse jamais decrevi.

XI.

Picot, veniai en grande hardiesse
Pé fare vi qui l'avay de l'adresse,
Y volive la pourta petarda,
Yet tique yò y fut atrapa.

XII.

Et volive fare de tala sourta
Qui l'arion éfondra la pourta
Et l'arion met pé brelode & boçon,
Et poi farion entra desu le pon.

XIII.

Lou pon levi y l'arion bassia,
Arion outa to san quaré enpassia,
Pé fare entra l'Escadron de Savoy
Vo le verri bin itou en defaroi.

XIV.

Et fait sçap a quement de les erbete,
Et enfela quement de zaluette,
Et fut creva quement on fier crapo,
Et poi sçapla commen des atrio.

B

XV.

XV.

Car on Seudar qu'aperſu to ſouſicé,
Cor vitament bouta ba la couliſſé,
Poi va cria qui ce faliay arma
D'alebarde, mouſquét, & coutela,

XVI.

Dan le Cloſſi on va ſona l'alarma,
En meme tan on crie, alarma, alarm
Dé to andrai dé gen on vai ſourti,
Qui criavon y faut vincre u mouri

XVII.

Y l'alion vitamen ſu la Trellia,
Yon d'antre leu s'aveſa d'un'adreſſa,
Et ſi ala queri de mentelet
Pé ſan ſervi comman de parapet.

XVIII.

Y roulavon d'ouna tala fouŕia,
Mais pé bonneur yétivon enroulia,
Y faſivon encora mai de bruy
Qu'on Bovairon aprai ſin cent Thua

XIX.

Lou Savoyard vitou priron la fou
Quan y viron ranvarſa la marmitä
Yo y l'avion mêt coire à dinna
Pé to ſeleu qui l'avion amêna.

XX.

Pé cé moyan on pri le Cour de Ga
Yo l'Ennemi faſive bouna garda,
Y la falu ceda é Genevoy

Deshonneur de tota la Savoy.

XXI.

On aſſambla arī ſu la Tartaze
L'Ennemi criave de grand raze,
Vive Eſpagne, vive Savoy,
Reprendray qu'on tin lou Genevoy.

XXII.

Li Genevoy qu'avion grand couraſou,
Y on bin vi qui l'etivon de Bravou,
Se batre queman de Gen arma
Le menton quenque â leur ſola.

XXIII.

J'entendai le Pére Alexandre
Se deſive, y ne vo faut ren crandre,
Mous Enfan, dépaſi de monta,
Paradi ze yo farai ala.

XXIV.

Alteſſa en granda diligence
On Lettra manda u Ray de France,
Que Geneva é l'avive ſurprai,
Se la nay y ly faré ſon liay.

XXV.

Entre-ſengri, ſe dit le Ray de France,
Que Geneva é l'oſſe volu prandre,
Se ſara on pou troi azarda,
On bora pa guere la garda.

XXVI.

Meme tan ouna Lettra arive,
Se le penſa fare peſſi de rire,

B 2

Que

Que dezive lou Savoyar son pray,
Lou Genevoy lou pendon aurandray.

XXVII.

Mais vaissia bin de le zatre novelle,
Quand le Canon u rontu leu s'échell
Yét iqué yo y furon donta;
Y ne povian desendre ne monta.

XXVIII.

Yét iqué yo y luton la reveria
De Genevoy écharfant leur espia,
Que persive le ren & lou regnon,
Que copave lou brai & lou manton.

XXIX.

On Savoyar upret de la Mounia
Y fu tua d'on grand cou de Marmit
Qu'ona fenna luy arosea desu,
Y tonba mor fray & rai étendu.

XXX.

Treiz' on en pray qu'étian to en mio
Y desivon qui s'étivon casia
To en coudan qu'en payan leu ranson
Y s'annirion desant ouna Chanson.

XXXI.

Mais le Consel en granda diligenz
Fit leu Procet, prononsa leu Sente
Qui sarion to pendu & étranglà
Dessu l'Oyé, celi bio Bellua.

XXXII.

Vaisia veni Messieu de la Justice,

E le Sendec que commansa à dire,
Labravada, va cria Tabasan,
Voy san falli, Monsieu, zy vay corant.

XXXIII.

Te ne sa pa y-a bin de la besogne,
Yson treze qu'on to preu bouna trogne,
Vlou fau to pendre & étrangla,
Depase don que ze m'en vu ala.

XXXIV.

Y fau boufa de l'ourdre e potense,
Et poi avay de courde a sufisance
Et lou gleta & lou bin garrota,
Qui ne poission ne veri ne torna.

XXXV.

En atandant y demendavon grace,
Qu'avoy d'argen y l'enplérion lé fate :
On leu balia la grace de Terni,
barion pendu oun'eura après midi.

XXXVI.

Y desivon de no ayi pedia,
No vo prien de no sova la via :
Yetive Sona & Chaffardon,
Y ne puron zen avay de pardon.

XXVII.

Vos ete entra & venu quan de Traitre,
De Genevoy volia être lou Maitre,
Vo lou volia pendre & accoully
Dan le Rounoy pe lou fare mouri.

B 3　　　XXXVIII.

XXXVIII.

Vo volia forſi fenna & felie
Et leu prendre leu tan belle rupellic,
Poy en aprés vo lé aria tua :
Lou Meniſtrou vo aria brula.

XXXIX.

Lou Meniſtrou qu'étivon lou pé joanno,
Vo lou zaria to aſſambla enſamblo,
Dedian Roma vo lou zaria brula
Pé lou montra à ſa Satanità.

XL.

Pé lou Seigneu vo aria fait la faita,
Vo lou zaria à to copa la taita,
Et ſaria entra dan leu maiſon,
De leu bon vin vo zaria fait raiſon.

XLI.

Vo y zura pé deyan ſon' Alteſſa,
Que vo n'aria pedia ne tendreſſa,
Que vo volia tua gran & pety :
En no don tour de vo farę mouri.

XLII.

On vo bara de courde apreſtaye,
Y ſon deja tordue & bin felaye,
U bin petou la ſalada u Gaſcon,
La corda u cou pé deſſo le manton.

XLIII.

Tabaſan vin en gran maniſiſance,
En leu faſan ouna gran reverance,
E tenive le chapé à la man :

Que

(31)

Que venia vo fare icé, Iou Galant?
XLIII.
No venion pe faré sçanta Messa
A San Pierro & pe tota la Vella,
A San Zervay, a San Zarman,
Voy san salli, Monsieu le Tabasan.
XLIV.
Passa devan, je vo la baray bella,
Quan vo fari u fonzon de l'echella,
U bin petou y sara lou Corbay,
Ne vay de vo pa qui voz, atandon lay.
XLVI.
Y y en na onna terribla tropa,
Vo diria qui son areva ora,
En vo mezan y sçanteron crocro,
Vo svanti bin dé Rave u Barbo.
XLVII.
Que dera-tay voutron Du de Savoye,
Y meudera le Beluar de l'Oye,
Ze craye qui moura de regret
De vo vi to pandu à on gibet.
XLVIII.
Vo devria avay de la vergogne,
De me vegni baili tant de besogne,
Hor ze m'en vay vo déveti to nu,
E vo faray à to montra le cu.
XLVIX.
Y en avay yon qu'avai la Barba rossa,
Que fi rire quasi tota la tropa,
E desive qui ne volive pa,

Que

Que ment Valet étre tan hau monta.

L.

Mais Tabafan que perday patiança,
Sauta deffu & poi apray l'étrangla.
Morta la ferpent mor en ét le venin,
Y ne faron jamay plu ma né bin.

LI.

On leu trova dé Beliets dan leu faté
Qui l'avion pray, pé qu'on lou fçarmafé,
Mais le fçarmou n'étive pas preu for
Pé lou povay enpaffi de la mor.

LII.

Y l'avion veu cori dé livre blance,
De petite affe bin que de grande,
Que ne fafivon que torna & veri,
Que fi manca le cœur à d'Albigni.

LIII.

Y priron bin ouna tala épovanta
Que Jeuneffe avoy tota la banda,
Vatevile & le Chevalier Dandelot,
Y louyron quan y fçuron le tot.

LIV.

Son Alteffa affe bin fcut fouire,
E coudave qu'apré luy on corive,
Don étivé queman defefpéra,
Ne fachan plé de quin couté ala.

LV.

La defayté la pouvra matenaie,
Ma Nobleffe fara deshonoraie,

Des

D'etré paſſa pé la man de Courtio,
Encora pi pe ſela du Borio.

LVI.

Que dera tay, ce Gran Ray de France?
Que dera tay ce ly Prince d'Orange?
Que deron tay arité lou Anglois?
Y le riron du gran Du de Savoy.

LVII.

Ze ſay ſurpray d'onna granda triſteſſ,
Davay perdu la Fleur de ma Nobleſ,
Le Cœur me fau, veni me ſecory,
Aporta me on pou de Roſoly.

F I N.